KB242941

마음의 실루엣

Silhouette of mind

그림자책

키 큰 갈대가 흔들렸다. 햇볕의 한 가운데에 서서 그림자를
가만히 들여다봤다. 아무 소리도 나지 않던 그곳에서
바람이 지나가는 모습을 발견했다. 시끄럽던 마음이 차분히
가라앉았다.

그림자를 보는 동안에는 느낌을 쌓았다. 살결에 닿는 바람,
햇살의 뜨거운 정도, 귀 옆을 스치는 새소리, 은은한 풀 냄새.
느낌은 생각을 불러왔고, 생각은 마음으로 흘렀다.

어느 가을날부터 2,574일 동안 고요하고 아름다운 모양을
담았다. 눈 깜짝할 사이 달라지는 그림자를 잡아채다가 또 다른
장면을 기다리며 머물렀다. 자주 들여다볼수록 매일 똑같은
하루가 조금씩 달라졌고, 기억할만한 순간이 늘었다.

처음에는 단순한 장면 수집이었지만, 기록을 이어갈수록 무심히
지나쳤던 공간, 별다를 것 없는 일상의 어느 순간을 완전히 다른
풍경으로 기억하게 되었다. 그림자 덕분에 너무 당연해서 눈에
띄지 않던 것에 한 번 더 눈길을 주었고, 뒤쪽으로 밀려난 것은
오래 살피는 습관이 생겼다.

의식하지 않으면 쉽게 지나칠 그림자가 마음같이 느껴지면서
나의 기록도 점점 변화했다. 최근 2~3년간 모았던 그림자에는
처음 수집을 시작했던 때보다 훨씬 더 많은 것들이 담겨있다.
나에게 그림자는 순간을 수집하는 놀이였고, 마음을 담은
은유였다.

시집 읽듯 찬찬히 들여다보는 동안, 책 한 쪽에 당신의 마음도
함께 담을 수 있다면 더할 나위 없이 기쁘겠다. 당신의 일상에도
아름다움이 깃들기를.

2023년 새해 아침에,
우주

살펴본 것

살펴본 것

16

읽고 쓰는 사람

나는 집안에서 첫 번째로 태어난 아이였다. 모든 게 나의 것,
나의 세계였다. 나를 예뻐하는 사람들 사이에서 자라 사랑도,
장난감도 풍족한 나날이었다. 나는 모든 놀이를 좋아했지만,
특히 TV 만화나 비디오 보는 것을 좋아했다. 공주님이 잔뜩
나오는 디즈니 만화, 꽃향기를 맡으면 힘이 솟는 '꼬마자동차
붕붕', 신기한 양탄자가 나오는 '알라딘', 요술봉이 예뻤던
'요술공주 밍키' 같은 만화를 테이프가 늘어지도록 반복해서
보았다. 이야기가 한번 시작되면 마치 내가 주인공이 된 듯
한시도 눈을 떼지 못했다. 이야기 하나가 끝나면 다음 만화,
또 다음 만화로 점프하는 것도 늘 있는 일이었다.

만화를 보다 지겨워지면 책을 꺼냈다. 그림이 글보다 많은
동화책들이었다. 그림으로도 충분히 이해할 수 있는 책이라
이야기는 줄줄 외우고 있었지만 그래도 좋았다. 혼자서 책
보는 게 싫으면 꼭 외할머니나 외할아버지께 책을 읽어달라고
졸라댔다. 두 분이 낮잠이라도 자는 날이면 할 수 없이 혼자
책장을 들췄다. 글자를 몰라 내 마음대로 이런저런 내용을
지어가며 그림으로 이야기를 만들었다.

우리 엄마는 글자를 빨리 배우면 생각이 글자 속에 갇힐까봐
대여섯 살이 되도록 내게 한글을 가르쳐주지 않았다.
유치원에서도 친구들은 다 아는 글자를 나만 몰라서 제일
늦게까지 가나다를 그렸다. 부아가 났다. 나도 빨리 알고 싶은데
엄마는 도통 가르쳐줄 생각이 없어 보였다. 그때 나는
'국민은행'은 읽을 수 있었지만 '국가'는 몰랐다고 한다.
나한테는 글자가 그림이었기 때문이다. 꼬불꼬불한 그림을
어른들은 잘도 읽었다. 나도 무언가를 읽고 싶었다.

어느 날 외할머니 손을 붙잡고 서점에 가서 한글 학습 책
한 권을 샀다. 매일 유치원이 끝나면 할머니 옆에 앉아 기역,
니은, 디귿을 짚어가며 글자의 세상에 들어섰다. 책 한 권을
다 쓸 때까지 '-읍니다'로 배웠던 것을 마지막에 가서야
'-습니다'로 고쳐 배웠다. 헷갈렸지만 그래도 좋았다.

글자를 배우니 그림 같았던 글자가 '글자'로 읽혔다. 길에서
마주치는 모든 간판을, 전단지를, 장난감 포장지를 읽었다.
참 신기한 세상이었다. 읽을 수 있는 단어가 많아지면서 궁금한
것도 더 많아졌다. 나는 문자 그대로 '읽는 것' 자체가 좋아
자꾸만 소리 내어 말하고, 읽을거리를 찾아 헤맸다. 글을 읽을 수

있게 되면서부터 책에 엄청나게 빠져들었다. 나중에 엄마가
말해주기로 "갑자기 조용해지면 어디 구석에서 책 읽나 보다,
했지."라고 했을 정도였다. 친구네에 놀러 가서도 읽고 새로운
교과서도 받자마자 모조리 읽어 버렸다.

천지에 널린 글자는 신비한 통로가 되었다. 이야기 속에는
내가 알지 못했던 세계가 있었다. 나는 그 속에 잠시 들어가
이런저런 세계를 알아가는 것이 기뻤다. 처음에는 글자 읽는 게
신이 났었던 건데, 자꾸 읽다 보니 더 많은 이야기를 알았으면
하는 마음이 생겼다. 새로운 이야기에 자꾸만 호기심이 생겼다.
옛날이야기든 지구 탄생 같은 과학 이야기든 닥치는 대로
읽었다. 그러면서 동시도 쓰고 이야기도 지어내 국어 시간에
발표하기도 했다. 방학 숙제 겸 몇 년 동안 가족 신문도
만들었지만, 시간이 지나면서 쓰는 것보다 읽는 일이 더
많아졌다.

석사 과정 중에는 어쩔 수 없이 매일 읽고 쓰는 사람이 되었다.
읽어야만 하는 것과 써야만 하는 것 사이에서 머리를
쥐어뜯었다. 어렸을 때는 없어서 못 읽던 글자가 너무 지겨웠다.
공부에 필요한 글 외에는 아무것도 읽지 않았고, 생일 축하 카드

정도만 간신히 쓰며 이야기를 내어놓는 일에서 멀어졌다.
나는 점점 잘 쓰지 않는 사람이 되었다.

다행히 그림자를 찍고 짧은 일기를 덧붙이며 다시 읽고 쓰는
사람이 되었다. 자꾸 쓰다 보니 내 안에 이야기가 많다는 걸
다시금 발견했다. 와글와글 모여있는 이야기를 더 분명하게
전하려고 고민하는 동안 글자를 이리저리 주무르는 과정이
무척 즐거웠다. 나의 이야기에서 출발해 다른 이의 생각과
마음에 다다르는 날이 많아질수록 이야기를 완성하는 '마침내,
마침표'의 시간을 기다렸다. 온 세상의 글자가 신비한 통로가
되어준 것처럼, 이제는 이야기가 나의 세계를 넓혀주고 있다.

'글자를 배우고야 말겠다!' 같은 의지만큼이나 단단한 결심으로
이야기를 쓴다. 앞으로도 기꺼이 읽고 신나게 쓰고 싶다.
자꾸만 읽어버리고 싶은 이야기를!

KTF

Seoul, 2020

미처 데려가지 못한 다리

파랑새극장

공공일호

오랫동안 샘터사옥으로 불렸던 이 건물을 나는 사랑한다.
오랫동안 사랑해왔고, 오래도록 사랑할 건물.

이토록 공공일호를 사랑하게 된 것은 이곳에서 보낸 시간이
켜켜이 쌓인 덕분이다. 파랑새극장에 연극 보러 갈 날을 손꼽아
기다리던 다섯 살의 나, 건물 전체를 바지런히 돌아다니며
커뮤니티를 만들던 스물여덟 살의 나, 그리고 공간을 멋진
경험으로 가득 채워보려는 서른두 살의 나. 계단참에도, 극장
무대에도 나의 기억들이 촘촘히 스며있다.

이곳에서 일했던 5년 동안 운영자로서 가장 멋지다고 생각한
점은 공공일호가 꽤 많은 사람에게 '다시 돌아가고 싶은 곳',
'떠올리면 기분 좋아지는 곳'으로 기억된다는 것이었다.

페터 춤토르는 '사람들이 건물들을 사랑하면 나도 사랑하게 된다
(『분위기』 p.65)'고 썼는데, 나는 이 문장을 반대로 읽어보았다.
나만의 방식으로 건물을 사랑했기 때문에 이곳에 머물렀던
사람들도 공공일호를 좀 더 사랑하게 되지 않았을까, 하고.

오래된 공간을 살리는 건 쉽지 않은 일이다. 옛것과 새로운
것의 조화는 자칫 조잡해질 수 있어 균형점 찾기가 난제다.
그렇다고 온전히 옛 모습 그대로를 지켜내는 것도 '좋은'
선택이라고 말하기는 어렵다. 물리적인 한계에 부딪힐 수밖에
없는 것이 건물의 숙명이니까. 건물을 쓰는 내내 자잘한 수리와
보수공사에 시달리느니 철거하고 새 건물을 올리는 것이 백번
나은 선택일 수도 있다.

그럼에도 불구하고 어떤 역사, 어떤 기억들이 계속 이어지게
하는 일은 분명 가치 있다. 지역과 사람들의 이야기가 영영
없어지지 않게 붙잡아주는 닻이 되어주기 때문이다.

아끼는 건물이 앞으로도 남아있으리라 생각하면 마음이 놓인다.
사랑하는 마음이 오래도록 이어질 수 있기를 바란다.

그림자를 사랑한 덕분에

지는 해가 길게 들면 붉은 벽돌에 주홍빛 그림자가 진다. 곡선이
하나도 없는 건물이라 그림자도 자로 잰 듯 각 잡힌 모양이다.
그렇지만 볕의 따스함을 품고 있어 차가운 직선은 아니다.

계절에 따라 빛의 느낌도, 따뜻함도, 빛이 드는 자리도 다르다.
겨울에는 따뜻한 난로 같은 빛이, 봄에는 순하게 스며드는
빛이, 여름과 가을에는 더 밝고 흰빛이 든다. 나는 이 그림자를
오랫동안 지켜보았다.

적막하고 어수선한 건물을 오르내리다 그림자를 마주하면
숨 한 번을 크게 쉰다. 하루 중 가장 위로받는, 여차하면
놓쳐버리는 귀한 순간.

자꾸 눈길을 주고, 애정을 담아 보고 또 보다 보니
무심코 지나치는 계단에서도 아름다움을 찾는다.

Seoul, 2021

사랑은 작은 호기심으로부터

무늬

손끝에서 자란 이파리는 깊이 새겨진 무늬가 되고

Split, 2019

목덜미가 새카맣게 타는
따끔따끔한 한낮이었어.

아마 나는 네 생각을 하고 있었을 거야.
들을 사람이 없는 말을 삼키면서.

이 그림자 꽃이 진짜보다 더 예쁘지 않냐고,
근데 이제 뜨거워서 더 이상 못 견디겠다고,
목마르니까 어디 가서 시원한 아이스크림이나 먹자고.

그때 우리가 다시 한번, 이라는 말을 했더라면.

그리운 것들은 오래오래 남는대.
색깔 없는 사진에서도 꽃잎 색이 눈에 선한 것처럼.

Torso II

19.8 × 19.8 cm

Shadow on a solid wall with text

2018

행복을 주는 공간은 아름답다

나를 행복하게 만드는 공간은 어디일까?

요즘의 나에게 도움이 될만한, 떠올리기만 해도 기분이 좋고,
다시 가고 싶은 곳을 꼽자면 덕수궁 옆 작은 공간이 떠오른다.
낮에는 '사색'이 컨셉이라 대화하지 않고 조용히 머물러야
하는데, 반드시 지켜야 하는 규칙 덕분에 오히려 아늑함이
완성된다. 집중하고 싶을 때, 나를 솔직하게 들여다봐야 할 때
종종 들르지만, 사실 창밖을 내다보다 아무것도 하지 않고
돌아오는 날이 더 많았다. 은행나무 이파리가 흔들리는
모습이나 햇살이 지나가는 모양을 구경하다 보면 시간이
훌쩍 지나있던 마법 같은 공간이다.

마음이 심란하고 어딘가 헛헛할 때는 경복궁에 간다. 담장 따라
휘, 크게 한 바퀴 돌기도 하고, 향원정 앞에 앉아 지나간
기억을 더듬어보기도 한다. 가장 좋아하는 자리는 경회루 옆
버드나무를 마주한 벤치다. 너무 붐비지도 않고, 너무 외진 곳도
아닌, 새 소리가 우렁우렁한 볕 드는 자리.
너울너울한 나뭇가지를 한참 보다 돌아오면 '다시 한번
해보자'는 마음이 든다. 어수선한 마음 한 자락과 편안함을
맞바꾸어 올 때 깃드는 고마움도 이곳에서만 느낄 수 있다.

어떤 공간을 기억하고 아끼는 마음을 갖는 건 경험으로부터
온다. 감각해야만 경험할 수 있으니, 그렇다면 공간은 곧
감각이라고 말할 수도 있을까.

무엇이든 어떻게든 느낄 수 있는 곳, 나의 부드러운 마음 하나를
누일 수 있는 곳, 그리하여 '다시'를 다짐할 수 있는 곳. 마음의
아름다움을 지킬 수 있는 공간을 늘 곁에 두고 싶다.

동일기술공사외 1개사
방음벽교체 및 성능개선공사
안 전

자세히 들여다보지 않으면 몰라요.

오늘은 무엇을 보았나요

그럼에도 불구하고

할 수 없는 일은 내려놓고, 할 수 있는 일을 하기로 한다.

들여다본 것

들여다본 것

들여다봄 것

들여다봄 것

From H

그림자를 좋아한다고 말한 후로 종종 그림자 선물을 받는다.
베를린 언니가 여름휴가 중에 보내준 유럽 남쪽 동네의 풍경.

Berlin Charlottenburg

481 424-0

Seoul, 2019

나의 왼편에서 흐르던

말과 말

사라지는 노랫말인 줄 알았는데
다시 보니 내 손에 들린 편지 뭉치 같달까.

"Would you like some bread?"

서울에서 열 몇 시간 떨어진 도시, 한 달을 기다렸던 미슐랭 코스
직전에 갑작스럽게 배탈이 났다. 피곤한 몸이 날씨를 버티지
못해 미슐랭 요리 대신 더위를 먹어버린 탓이었다. 머리는 딩딩
울리고, 속은 메슥거려 금방이라도 주저앉을 것 같았지만 귀한
미식 찬스를 도저히 놓칠 수는 없었다. 하지만 화장실이라도
가려고 들어간 식당에서도 눈앞이 핑핑 돌아 앉아있기가
어려웠다. '몸이 좋지 않아서 나는 갈 테니, 친구들 주문만
받아주라'는 말에 웨이터 아저씨가 걱정스러운 얼굴로 말했다.

"Are you okay? How about a cold napkin or medicine?
Or would you like some bread?"

큰 컵에 찬물을 가득 따라주던 웨이터 아저씨는, 마치 지금 당장
뭐라도 해주고 싶은데 본인이 줄 수 있는 가장 좋은 것이 오로지
빵뿐인 사람 같았다. 식은땀을 흘리는 와중에도 '약이랑 빵이
어떻게 한 문장에 있을 수 있지? 이 동네는 빵이 약인가?' 싶어
웃음이 비실 새어 나왔다. 나중에 친구들에게 듣기로, 웨이터
아저씨는 디저트 코스가 나올 때까지도 '네 친구 괜찮냐'며
끝까지 걱정했다고 한다.

숙소로 돌아와 한참 동안 열을 앓다가 눈을 떴을 때, 친구들이
꽃다발과 함께 돌아왔다. 아프지 말고 행복하자고. 느닷없이
찾아온 일사병은 하루를 넘기지 않았고 나는 그것이 나에게 온
마음 덕분이었을 것이라 생각한다. 어떤 모양이든 사랑은 힘이
된다.

숨

숨의 시작은 들이마실 때일까 내쉴 때일까

젤라또

나의 작고 확실한 행복

주고 - 받아요

'내가 민폐 끼칠까 봐...'라는 말 앞에서는 입이 딱 다물린다.
민폐라고 할 수 없을 만한 일인 데다, 그 사람을 위해 기꺼이
마음 내어주려고 해도 단단한 철벽에 부딪히는 느낌이
들어서다. 어떤 사람에게는 서운한 마음마저 든다. '나를 아주
친한 사람으로는 생각하지 않는 걸까?'하고.

폐를 끼칠까 봐 걱정하는 마음은 예쁘다. 그런데 지나치게
사양하고, 지나치게 기대지 않을 때 나는 섭섭하다. 조금
과장해서 말하면 사랑받을 기회를 스스로 뿌리치는 것처럼
보이기도 한다. 받지 않으면서 주기만 하는 사람을 볼 때의
마음은 또 어떤지. 결과가 어떻든, 서로 가까워질 기회가 점점
사라지는 것 같아 안타깝다.

코로나 이후 '관계'를 둘러싼 관심이 참 뜨겁다고 느낀다.
수많은 모임 서비스가 생겨나고, 넘쳐나는 연애 예능과 소개팅
서비스까지 관계의 기회가 끝없이 제공된다. '연결'이라든가
'외로움'에 관한 이야기는 더 많아졌는데, 역설적으로 연결의
깊이는 점점 얕아진다. '질척거림 없이' 가볍게 한번 만나고 마는
사이를 선호하고, 가까워질 기회 앞에서는 부담을 핑계로 급히
관계 밖으로 떠나버리는 사람들도 종종 목격한다.

합리적이고 효율적이어야만 하는 세상에서 마음을 그저
내어주고, 내어준 마음을 그저 받는 것을 멋모르는 소리로
여길 수도 있겠다. 하지만 나는 기회가 많아져도 여전히 모두가
외롭고 불안한 건 '주고받음'이라는 관계의 본질을 피하기
때문이 아닐까 한다. 관계 앞에서 손해를 따지는 버릇이나
상처받기 전에 미리 벽을 세우는 습관으로는 피로감만 늘어날
뿐, 연결의 욕구는 건강하게 채워지지 않는다고 생각한다.

기획자로서도, 개인으로서도 사람들이 관계를 대하는 태도,
혹은 관계에 대한 경험을 바꿔주고 싶다. 주고받음 속에서
채워지는 든든함, 주고받으며 더 나아지는 면면이 삶을 얼마나
바꿀 수 있는지 알려주고 싶다. 어차피 사람은 사람을 떠나 살 수
없으니 이왕이면 함께, 즐겁게 주고받으면 좋지 않을까.

기획하는 마음

오래전부터 무대 뒤의 이야기를 쓰고 싶었다. 대체로 엄청
유명한 기획자가 아니면 무대 뒷면의 이야기를 들려줄 기회가
없고, 사람들도 그다지 궁금해하지 않는다. 하지만 나의 일은
뒷면에 있고, 나는 나의 일을 무척 아끼는 사람이라서 나라도
내 이야기를 들어주어야겠다고 생각했다. 그래서 아무도
물어보지 않아도 기획 노트를 차곡차곡 쌓아두었다. 그중에서
내가 가장 사랑하는 〈텍스트클럽〉의 이야기를 나누고 싶다.

*

〈텍스트클럽〉은 '기획자'로 나를 소개할 때 가장 자랑스럽게
이야기하는 프로젝트다. '텍스트 너머의 이야기'라는 슬로건을
두고, 만 2년 동안 새로운 텍스트 경험을 주는 북토크로 꾸렸다.
무대에 올리기 전부터 굉장히 오랫동안 마음에 품어왔던
아이디어였다. 첫 회차부터 코로나를 맞이했지만, 우여곡절을
겪으면서도 할 수 있는 데까지 힘껏 진행했다.

파랑새극장에서 처음으로 낭독 공연이 열렸을 때 〈텍스트클럽〉의
첫 아이디어가 솟아났다. '텍스트를 눈으로 읽는 것을 넘어
입으로, 귀로, 몸으로 읽어보자.' 말 그대로 온 감각을 사용해
텍스트와 텍스트를 둘러싼 것들을 물리적으로, 정신적으로

채워보는 경험을 하고 싶었다. 내가 좋아하는 방식이지만 다른
사람들도 재밌어할 경험이라고 생각했다. 게다가 파랑새극장은
김광석, 들국화 등 전설의 첫 시작을 함께한, '처음'과 '실험'에
꼭 맞는 공간이었다. 오랫동안 아동극을 무대에 올리기도
했으니, 음악이나 연극을 확장된 버전의 텍스트라고 본다면
파랑새극장은 항상 텍스트를 담은 곳이었다. 그렇기 때문에
텍스트를 다룬다면 꼭 파랑새극장이어야 했다.

*

그 시간, 그 공간에서 경험을 함께 나누는 사람들은
'텍스트클러버'라고 불렀다. 창작자, 독자, 극장 스텝, 기획자와
출판사 관계자까지 모든 사람이 〈텍스트클럽〉을 완성한다고
생각했다. 특히 공들였던 부분은 창작자와 독자 사이의 거리를
좁히는 일이었다. 혼자 읽고 끝나는 독서가 아니라, 책을 읽고
생긴 궁금증과 감상을 창작자와 나누는 입체적인 독서가
되기를 바랐다. 그러려면 창작자만 일방적으로 이야기하는 게
아니라 독자도 자신을 이야기할 수 있는, 혹은 독자끼리도 서로
나눌 수 있는 자리여야 했다. 궁극적으로는 이 경험을 통해,
텍스트로부터 시작된 무엇이 텍스트 바깥의 삶으로 이어져
작은 변화가 일어나기를 바랐다.

책을 정하면 주제로부터 뻗어 나온 가지를 정리했다. 주된
주제에서 반 뼘 정도 더 나아가, 조금 다른 관점으로 생각을 나눌
수 있도록 뼈대를 만들었다. 다큐멘터리 제작법을 이야기하는
책에서는 '질문'이라는 키워드를, 어린이에 대한 책에서는
'태도'라는 키워드를 뽑는 식이었다. 어떤 에세이는 연극처럼,
어떤 비평집은 공연처럼 만들었고 그때마다 어울리는 무대를
하나하나 연출했다. 되도록 다양한 텍스트를 독특한 포맷으로
다루려고 애썼다.

독자의 이야기는 사연 형태로 미리 받아두었다. 이 부분은
늘 쉽지 않았는데, 언제나 예상외로 좋았다. 선정한 사연은
창작자에게 전달해 직접 답변과 선물을 준비하도록 부탁했다.
직접 깎아 준비한 연필, 아끼는 문장, 손수 찍어 인화한
사진, 미개봉 영화와 탐스러운 작약꽃까지 선물의 구성도
창작자마다 모두 달랐다. 현장에서 이야기가 오고 갈 때마다
텍스트클러버는 서로 더 가까운 사이가 되었다.

*

프로젝트의 A부터 Z까지 모든 것을 직접 챙기며 나름의
'기획법'을 만들었다. '모든 기획에는 이유가 있어야 한다'는 것을

가장 주요한 방향으로 두고 있다. 기획자는 그 시간, 그 자리에
바로 '그'가, 또는 '그것'이 있어야 할 이유를 만들어 하나의
세계를 만드는 사람이니까. 생각의 시야를 넓힐수록 고려해야
하는 것도 많아지지만, 더 깊이 생각할수록 더 좋은 경험을 줄 수
있다. 그렇게 믿고 있다.

무엇보다도 내가 내 기획에 자신이 있어야 창작자에게도
독자에게도 진심으로 가닿을 수 있다고 생각한다. 이 태도를
뭐라고 부를 수 있을까. 기획자로서의 자신감, 혹은 양심,
심지어 그것이 착각이나 오만이더라도 나의 '렌즈'를 진심으로
힘껏, 믿는 것이 기획을 잘 풀리게 한다. 〈텍스트클럽〉을 만들
때는 기획을 뾰족하게 만들기 위해 자주 들여다보며 가까워지고,
이해의 폭을 늘려가는 과정에 전력을 다했다. 나의 관점이
대상을 새롭게, 다르게 해석할 수 있는 여지를 만들 수 있도록.
내가 진심을 다할수록 이번 프로그램 정말 좋다고, 그러니까
함께 들어보자고 자신 있게 이야기할 수 있는 밑천이 되었다.

*

디렉터로서 발견한 포인트가 다른 사람에게도 영감이 되었으면
좋겠다는 마음으로 열두 번의 〈텍스트클럽〉을 빚었다.

현장에서는 항상 극장 뒤쪽에서 흐름을 지켜보았다. 머릿속에서
수백 번 그렸던 이벤트가 눈앞에서, 머릿속 그림보다 훨씬 더
생생하고 즐겁게 흘러갔다. 내가 바랐던 모습 그대로.

창작자의 이야기에서, 사람들의 표정에서, 공간을 가득 채운
분위기에서 언어로 옮기기 어려운 연대감과 따뜻함을 느꼈다.
무대 위 창작자가 책의 쪽수를 불러주며 낭독을 시작할 때,
사람들이 함께 책을 펼쳐 눈으로 귀로 텍스트를 읽는 장면은
말로 담아낼 수 없을 만큼 장관이었다. 귀한 순간을 놓치고 싶지
않아 부지런히 사진을 찍었는데, 그 교감만큼은 담을 수가 없어
아쉬웠다. 한 사람 한 사람이 아름다워 보여서 껴안고 소리치고
싶었다. 정말 정말 고맙다고. 지난한 고민의 시간을 누군가
알아주는 것 같아 벅찼다.

힘껏 보내온 마음과 큰 도움, 약간의 운으로 굴러갔던
〈텍스트클럽〉. 텍스트클러버가 기꺼이 내어준 이야기와 공감
덕분에 나는 조금 더 이해할 수 있는 사람이 되었다. 텍스트를
사이에 두고 이야기하며 '우리의 시간'을 만든다는 것, 말이 아닌
무언가를 나눈다는 것. 〈텍스트클럽〉은 그런 것들을 떠올리게
한다.

"

오늘 즐거웠어요. 정말 필요한 시간이었어요.

직접 와보니까 더 좋았어요. 좋은 기획 해줘서 고마워요.

〈텍스트클럽〉은 항상 생각해볼 거리, 새롭게 볼 수 있는 것을
줘요.

〈텍스트클럽〉으로 제 삶이 달라지고 있다고 느껴요.
한 사람에게라도 영향을 줄 수 있다면, 그 사람이 주변에
영향을 줄 테고, 그렇게 퍼져나간다면 사회가 달라지는 데에
기여하는 거예요. 정말 의미 있는 일이라고 생각해요.
"

보편의 마음

마음건강 서비스를 만드는 팀에서 일할 때에는 머릿속에
마음 속에 '마음'이 가득 차 있었다. 마음을 넘치게 쏟거나 혹은
쏟아내고 어쩔 줄 모르는 날이 이어졌다. 넘치게 받고 받아내는
날들도 수두룩 했다. 그토록 마음 이야기를 수없이 보고 듣고
말한 나날은 다시 없을 것이다.

사실은 언제나 마음이 통하는 찰나와 통로 같은 것들에 관심을
두었다. 이렇게 세상을 보면 마음을 나누는 것만큼 쉬운 일이
없다. 제대로 배운 적이 없어서 어려울 뿐.

마음 이야기에 파묻혀 마음 돌보는 일을 오래 했더니, 나만
느끼는 줄 알았던 마음을 다른 이에게서도 발견한다.

나랑 놀아줘. 나를 인정해줘. 나를 사랑해줘.

우리는 어쩌면 태어난 순간부터 생을 다할 때까지 같은 얘기를
반복하고 있는 것일지도 모른다. 서로 안아줄 수 있다면 덜
외로울 텐데.

( )

가끔 그런 생각을 하거든. '밑 빠진 독에 사랑 채우기'라고,
마음속 항아리에 사랑을 가득 채우고 싶은데 구멍이 나서,
부어도 부어도 안 채워지는 것 같은 느낌 같은 게 있어.

영원히 안 채워질 줄 알았는데
빛의 속도로 마구 퍼부어주면 채워진대. 신기해라.

다시

마음이 그저 구겨지는 사람도 있고, 좁아지거나 작아지는 사람도
있는데 나는 마음이 가난해지거나 텅 비거나 싹 사라진다고
말한다. 마음을 감각하는 데에서도 이렇게 차이가 나는데,
사람이 사람과 어떻게 일하고 사랑하고 함께 살아나가는 걸까.

이해할 수 없는 사람들 틈에서 이해를 구하려다 마음만 다치는
날이 흘러간다. 내 힘으로 바꿀 수 없는 것을 마주하면서,
슬픔을 목 위에 얹어두면서.

그럼에도 너무 늦지 않게 멈추어본다. 이마도 짚어보고 햇볕도
쬐어가며 산다. 많은 사람에게 사랑받고 있음을 되새긴다.
하루하루 마음이 깊어지는 만큼 깊은 사람을 만나고, 깊은
이야기를 나누고, 깊은 경험을 주고받으며 채워지고 싶다.

내가 계속 나아가고 있음을 믿는다.

경험을 설계하는 사람

나는 경험을 설계하는 사람이고 싶다.

햇살 아래에서 비를 맞으며 무지개를 보고,
어둠 속에서 소리를 따라 나아가고,
삭막한 공장 한가운데 서서 색종이를 흩날리던 것처럼

세상에 있던 것을 새롭게 발견하고,
보이지 않는 곳에서 감춰두고 숨겨둔 무엇을
탐험하며 뒷면을 떠올려 볼 수 있도록.

흔들리며 단단해질 것이다

좋은 마음만 가지고 단단하게 살고 싶었다. 이제는 그럴 수
없다는 것을 안다. 마음은 눈을 깜박이는 것만큼이나 쉽게
바뀌고, 언제나 좋은 마음만 담고 있을 수 없으며, 자주
흔들리며 사는 게 진짜로 단단한 삶이기 때문이다.

아주 오랫동안 부정적인 감정이 생기거나 나를 압도할 만큼
크게 느껴질 때, 그 감정을 부정하면서 스스로를 '고장난
사람'으로 여겼다. 고장이 나면 문제고, 문제는 얼른 해결해야
하니까, 남들에게는 안 하는 말을 나에게 퍼부었다. 빨리 일어나.
얼른 없애버려. 불안한 건 고장 난 거니까 고쳐.

그러나 '고장 난 나'는 기쁘고 즐거웠다. 고장이 난 상태에서도
여전히 행복했다. 나서서 고치지 않았는데도 저절로 나아지는
마음도 있었다. 흔들거려도 괜찮다는 것이 천천히 스며들었다.
'고장 났으니 얼른 고치라'는 말을 아무렇지도 않게 욱여넣는
나의 무자비함을 불현듯 깨달았다.

시간이 지나며 모든 마음을 내 것으로 받아들이기 시작했다. 우울도, 화도, 무기력도, 불안도. '고장 난 나'가 감지될 때도, '얼른 고쳐'가 아니라 '많이 힘들구나', '쉬어야겠구나'를 먼저 말할 수 있게 되었다. 아직도 다그치고 조바심 내는 날이 있지만, 적어도 다그침 사이에 숨 한 번, 조바심 사이에 숨 한 번 넣으며 여유를 둘 수 있게 되었다.

신이 나서 들썩거리는 날에도, 시니컬에 휘감기는 날에도 나는 여전히 나일 것이다. 흔들리며 단단해질 것이다.

마음이란 얼마나 재미난 것인지.

마음에 대해 생각하고 자주 이야기해도
마음의 겉면만 만지는 것 같은 때가 있었다.
이따금 마음 안쪽으로 들어갔을 때,
그 황홀함에 놀라기도 하고
초라함에 깜짝 놀라 도망가기도 했다.

그럼에도 다시 돌아와 살펴보기를 멈추지 않았던 것은
조금이라도 나아갈 나를 위해
딱 한 발짝 떼어보는 용기 덕분이었다.

이 기록은 마음을 쓰다듬은 흔적.
가려진 것, 숨겨진 것, 감춰진 것을 발견하는 과정의 이야기.

앞으로도 자주 들여다보고, 돌아보고,
쓰고 밝히며 살아보기로 한다.

우주

가능성이 많은 사람.

세상에 있던 것을 새롭게 발견하고,
다르게 보는 것을 좋아한다.

숨겨진 것, 아직 드러나지 않은 것을 찾아내어
'영감을 주는 경험'을 만드는 문화기획자다.

좋아하는 것에 사랑을 주어 기른다.
꾸준히 기르는 것은 마음, 재미, 연결.

열심히 재미있게 살고 싶다.

마음의 실루엣

© 우주 (정은용)

초판 1쇄	2023년 01월 11일
개정 2쇄	2024년 10월 04일

지은이	우주 (정은용)
펴낸이	우주 (정은용)
디자인	스튜디오 휴휴
Email	oozoo.with@gmail.com

발행처	인디펍
발행인	민승원
출판등록	2019년 01월 28일 제2019-8호
전자우편	cs@indiepub.kr
대표전화	070-8848-8004
팩스	0303-3444-7982

정가 15,000원

ISBN 979-11-6756599-0 (03810)